PASSAPORTE

PL123456

ÍNDICE

...rte deve ser assinado pelo titular.
...orte é válido para todos os livros
... leitor mantém relações de leitura.
...te contém 48 páginas numeradas.

- ... LI.. Pg. 02
- ...IRA .... Pg. 08
- ...RECISO LER .... Pg. 28
- TIPOS DE LEITURA .... Pg. 30
- DEZ MANDAMENTOS DA LEITURA ... Pg. 44
- .... Pg. 46
- LEITURA EMOÇÃO PRA VALER ...... Pg. 48

PASSAPORTE 1 DA LEITURA

AUTÓGRAFOS

PASSAPORTE 2 DA LEITURA

AUTÓGRAFOS

PASSAPORTE DA LEITURA

AUTÓGRAFOS

 AUTÓGRAFOS

PASSAPORTE 5 DA LEITURA

AUTÓGRAFOS

AUTÓGRAFOS

PASSAPORTE 7 DA LEITURA

LIVROS QUE JÁ LI

Título: _____
Autor: _____
Data da leitura: de __/__/__ a __/__/__
Minhas observações: _____
_____
_____
_____
_____

Título: _____
Autor: _____
Data da leitura: de __/__/__ a __/__/__
Minhas observações: _____
_____
_____
_____
_____

LIVROS QUE JÁ LI

Título:_____
Autor:_____
Data da leitura: de ___/___/___ a ___/___/___
Minhas observações:_____
_____
_____
_____
_____

Título:_____
Autor:_____
Data da leitura: de ___/___/___ a ___/___/___
Minhas observações:_____
_____
_____
_____
_____

LIVROS QUE JÁ LI

Título: _____
Autor: _____
Data da leitura: de __/__/____ a __/__/____
Minhas observações: _____
_____
_____
_____
_____

Título: _____
Autor: _____
Data da leitura: de __/__/____ a __/__/____
Minhas observações: _____
_____
_____
_____
_____

LIVROS QUE JÁ LI

Título:_____
Autor:_____
Data da leitura: de ___/___/___ a ___/___/___
Minhas observações:_____
_____
_____
_____
_____

Título:_____
Autor:_____
Data da leitura: de ___/___/___ a ___/___/___
Minhas observações:_____
_____
_____
_____
_____

LIVROS QUE JÁ LI

Título:_____
Autor:_____
Data da leitura: de ___/___/___ a ___/___/___
Minhas observações:_____
_____
_____
_____
_____

Título:_____
Autor:_____
Data da leitura: de ___/___/___ a ___/___/___
Minhas observações:_____
_____
_____
_____
_____

LIVROS QUE JÁ LI

Título:_____
Autor:_____
Data da leitura: de ___/___/___ a ___/___/___
Minhas observações:_____
_____
_____
_____
_____

Título:_____
Autor:_____
Data da leitura: de ___/___/___ a ___/___/___
Minhas observações:_____
_____
_____
_____
_____

LIVROS QUE JÁ LI

Título:_____
Autor:_____
Data da leitura: de ___/___/___ a ___/___/___
Minhas observações:_____
_____
_____
_____
_____

Título:_____
Autor:_____
Data da leitura: de ___/___/___ a ___/___/___
Minhas observações:_____
_____
_____
_____
_____

LIVROS QUE JÁ LI

Título:_____
Autor:_____
Data da leitura: de ___/___/___ a ___/___/___
Minhas observações:_____
_____
_____
_____
_____

Título:_____
Autor:_____
Data da leitura: de ___/___/___ a ___/___/___
Minhas observações:_____
_____
_____
_____
_____

LIVROS QUE JÁ LI

Título:_____
Autor:_____
Data da leitura: de ___/___/___ a ___/___/___
Minhas observações:_____
_____
_____
_____
_____

Título:_____
Autor:_____
Data da leitura: de ___/___/___ a ___/___/___
Minhas observações:_____
_____
_____
_____
_____

LIVROS QUE JÁ LI

Título:_____
Autor:_____
Data da leitura: de ___/___/___ a ___/___/___
Minhas observações:_____
_____
_____
_____
_____

Título:_____
Autor:_____
Data da leitura: de ___/___/___ a ___/___/___
Minhas observações:_____
_____
_____
_____
_____

LIVROS QUE JÁ LI

Título:_____
Autor:_____
Data da leitura: de __/__/__ a __/__/__
Minhas observações:_____
_____
_____
_____
_____

Título:_____
Autor:_____
Data da leitura: de __/__/__ a __/__/__
Minhas observações:_____
_____
_____
_____
_____

LIVROS QUE JÁ LI

Título:_____
Autor:_____
Data da leitura: de ___/___/___ a ___/___/___
Minhas observações:_____
_____
_____
_____
_____

Título:_____
Autor:_____
Data da leitura: de ___/___/___ a ___/___/___
Minhas observações:_____
_____
_____
_____
_____

LIVROS QUE JÁ LI

Título:_____
Autor:_____
Data da leitura: de ___/___/___ a ___/___/___
Minhas observações:_____
_____
_____
_____
_____

Título:_____
Autor:_____
Data da leitura: de ___/___/___ a ___/___/___
Minhas observações:_____
_____
_____
_____
_____

LIVROS QUE JÁ LI

Título:_____
Autor:_____
Data da leitura: de ___/___/___ a ___/___/___
Minhas observações:_____
_____
_____
_____
_____

Título:_____
Autor:_____
Data da leitura: de ___/___/___ a ___/___/___
Minhas observações:_____
_____
_____
_____
_____

PASSAPORTE 21 DA LEITURA

LIVROS QUE JÁ LI

Título:_____
Autor:_____
Data da leitura: de __/__/____ a __/__/____
Minhas observações:_____
_____
_____
_____
_____

Título:_____
Autor:_____
Data da leitura: de __/__/____ a __/__/____
Minhas observações:_____
_____
_____
_____
_____

LIVROS QUE JÁ LI

Título:_____
Autor:_____
Data da leitura: de ___/___/___ a ___/___/___
Minhas observações:_____
_____
_____
_____
_____

Título:_____
Autor:_____
Data da leitura: de ___/___/___ a ___/___/___
Minhas observações:_____
_____
_____
_____
_____

LIVROS QUE JÁ LI

Título:_____
Autor:_____
Data da leitura: de __/__/____ a __/__/____
Minhas observações:_____
_____
_____
_____
_____

Título:_____
Autor:_____
Data da leitura: de __/__/____ a __/__/____
Minhas observações:_____
_____
_____
_____
_____

LIVROS QUE JÁ LI

Título:_____
Autor:_____
Data da leitura: de ___/___/___ a ___/___/___
Minhas observações:_____
_____
_____
_____
_____

Título:_____
Autor:_____
Data da leitura: de ___/___/___ a ___/___/___
Minhas observações:_____
_____
_____
_____
_____

LIVROS QUE JÁ LI

Título:_____
Autor:_____
Data da leitura: de ___/___/___ a ___/___/___
Minhas observações:_____
_____
_____
_____
_____

Título:_____
Autor:_____
Data da leitura: de ___/___/___ a ___/___/___
Minhas observações:_____
_____
_____
_____
_____

LIVROS QUE JÁ LI

Título:_____
Autor:_____
Data da leitura: de ___/___/___ a ___/___/___
Minhas observações:_____
_____
_____
_____
_____

Título:_____
Autor:_____
Data da leitura: de ___/___/___ a ___/___/___
Minhas observações:_____
_____
_____
_____
_____

DICAS DE LEITURA

UM RITUAL DE LEITURA EM SUA VIDA

1» Crie rituais de leitura reservando um tempo e um lugar especial para curtir seu livro sem interrupções.
2» Aconchego é bom e ajuda a eliminar o estresse (que produz um hormônio capaz de bloquear a aprendizagem, segundo os cientistas).
3» Faça conexões entre palavra falada e a palavra escrita, pois ouvir os sons em palavras é uma habilidade básica essencial para a leitura.
4» Fale do que está lendo, para reforçar a compreensão e a memorização.
5» Respeite o seu ritimo sem força-lo (isso pode esfriar seu entusiasmo).

QUEM LÊ, ESCREVE BEM

Em geral, quem escreve bem é bom leitor, e não consegue viver sem mergulhar na palavra escrita dos livros, jornais, revistas e até nos rótulos das embalagens que povoam nosso dia-a-dia.

Tudo pode inspirar. Mas nada como os livros. Um livro pode fazer rir, comover, espantar, acelerar o coração, acalmar, encantar, emocionar, dar vontade de abraçar quem escreveu, revoltar, consolar...

E por que será que tanta gente acha difícil escrever? Falta de prática, talvez de hábito, medo de errar, etc..

DICAS DE LEITURA

PRINCIPAIS TÍTULOS QUE
VOCÊ NÃO PODE DEIXAR DE LER

1» Do Livro do Desassossego, de Fernando Pessoa
2» A Divina Comédia, de Dante Alighieri
3» Memórias Póstumas de Brás Cubas, de Machado de Assis
4» Fausto, de Goethe
5» Madame Bovary, de Gustave Flaubert
6» Os Sertões, de Euclides da Cunha
7» O Príncipe, de Maquiavel
8» As Viagens de Guliver, de Jonathan Swift
9» Dom Quixote - (Volume I), de Miguel de Cervantes
10» Dom Quixote - (Volume II), de Miguel de Cervantes
11» Robinson Crusoé, de Daniel Defoe
12» Moby Dick, de Herman Melville
13» O Processo, de Franz Kafka
14» Crime e Castigo, de Fiódor Dostoiévski
15» Coração das Trevas, de Joseph Conrad
16» Hamlet, de William Shakespeare
17» Os Miseráveis, de Victor Hugo
18» Orgulho e Preconceito, de Jane Austen

Você concorda com a lista acima? Talvez você tenha a sua própria lista! Compartilhe sua lista e sua opinião com seus amigos.

PASSAPORTE 29 DA LEITURA

LIVROS QUE PRECISO LER

Título:_____
Autor:_____
Editora:_____
Quem indicou:_____
Data da leitura: de ___/___/____ até ___/___/____

Título:_____
Autor:_____
Editora:_____
Quem indicou:_____
Data da leitura: de ___/___/____ até ___/___/____

Título:_____
Autor:_____
Editora:_____
Quem indicou:_____
Data da leitura: de ___/___/____ até ___/___/____

PASSAPORTE DA LEITURA

LIVROS QUE PRECISO LER

Título:_____
Autor:_____
Editora:_____
Quem indicou:_____
Data da leitura: de ___/___/___ até ___/___/___

Título:_____
Autor:_____
Editora:_____
Quem indicou:_____
Data da leitura: de ___/___/___ até ___/___/___

Título:_____
Autor:_____
Editora:_____
Quem indicou:_____
Data da leitura: de ___/___/___ até ___/___/___

LIVROS QUE PRECISO LER

Título:_____
Autor:_____
Editora:_____
Quem indicou:_____
Data da leitura: de ___/___/___ até ___/___/___

Título:_____
Autor:_____
Editora:_____
Quem indicou:_____
Data da leitura: de ___/___/___ até ___/___/___

Título:_____
Autor:_____
Editora:_____
Quem indicou:_____
Data da leitura: de ___/___/___ até ___/___/___

LIVROS QUE PRECISO LER

Título: _____
Autor: _____
Editora: _____
Quem indicou: _____
Data da leitura: de ___/___/___ até ___/___/___

Título: _____
Autor: _____
Editora: _____
Quem indicou: _____
Data da leitura: de ___/___/___ até ___/___/___

Título: _____
Autor: _____
Editora: _____
Quem indicou: _____
Data da leitura: de ___/___/___ até ___/___/___

LIVROS QUE PRECISO LER

Título:_____
Autor:_____
Editora:_____
Quem indicou:_____
Data da leitura: de ___/___/___ até ___/___/___

Título:_____
Autor:_____
Editora:_____
Quem indicou:_____
Data da leitura: de ___/___/___ até ___/___/___

Título:_____
Autor:_____
Editora:_____
Quem indicou:_____
Data da leitura: de ___/___/___ até ___/___/___

LIVROS QUE PRECISO LER

Título:_____
Autor:_____
Editora:_____
Quem indicou:_____
Data da leitura: de ___/___/___ até ___/___/___

Título:_____
Autor:_____
Editora:_____
Quem indicou:_____
Data da leitura: de ___/___/___ até ___/___/___

Título:_____
Autor:_____
Editora:_____
Quem indicou:_____
Data da leitura: de ___/___/___ até ___/___/___

PASSAPORTE DA LEITURA

LIVROS QUE PRECISO LER

Título:_____
Autor:_____
Editora:_____
Quem indicou:_____
Data da leitura: de ___/___/___ até ___/___/___

Título:_____
Autor:_____
Editora:_____
Quem indicou:_____
Data da leitura: de ___/___/___ até ___/___/___

Título:_____
Autor:_____
Editora:_____
Quem indicou:_____
Data da leitura: de ___/___/___ até ___/___/___

PASSAPORTE 36 DA LEITURA

📖 LIVROS QUE PRECISO LER

Título:_____
Autor:_____
Editora:_____
Quem indicou:_____
Data da leitura: de ___/___/___ até ___/___/___

Título:_____
Autor:_____
Editora:_____
Quem indicou:_____
Data da leitura: de ___/___/___ até ___/___/___

Título:_____
Autor:_____
Editora:_____
Quem indicou:_____
Data da leitura: de ___/___/___ até ___/___/___

LIVROS QUE PRECISO LER

Título:_____
Autor:_____
Editora:_____
Quem indicou:_____
Data da leitura: de ___/___/___ até ___/___/___

Título:_____
Autor:_____
Editora:_____
Quem indicou:_____
Data da leitura: de ___/___/___ até ___/___/___

Título:_____
Autor:_____
Editora:_____
Quem indicou:_____
Data da leitura: de ___/___/___ até ___/___/___

PASSAPORTE DA LEITURA

📖 LIVROS QUE PRECISO LER

Título:_____
Autor:_____
Editora:_____
Quem indicou:_____
Data da leitura: de ___/___/___ até ___/___/___

Título:_____
Autor:_____
Editora:_____
Quem indicou:_____
Data da leitura: de ___/___/___ até ___/___/___

Título:_____
Autor:_____
Editora:_____
Quem indicou:_____
Data da leitura: de ___/___/___ até ___/___/___

LIVROS QUE PRECISO LER

Título:_____
Autor:_____
Editora:_____
Quem indicou:_____
Data da leitura: de __/__/____ até __/__/____

Título:_____
Autor:_____
Editora:_____
Quem indicou:_____
Data da leitura: de __/__/____ até __/__/____

Título:_____
Autor:_____
Editora:_____
Quem indicou:_____
Data da leitura: de __/__/____ até __/__/____

PASSAPORTE 40 DA LEITURA

📖 LIVROS QUE PRECISO LER

Título:_____
Autor:_____
Editora:_____
Quem indicou:_____
Data da leitura: de __/__/____ até __/__/____

Título:_____
Autor:_____
Editora:_____
Quem indicou:_____
Data da leitura: de __/__/____ até __/__/____

Título:_____
Autor:_____
Editora:_____
Quem indicou:_____
Data da leitura: de __/__/____ até __/__/____

📖 LIVROS QUE PRECISO LER

Título:_____
Autor:_____
Editora:_____
Quem indicou:_____
Data da leitura: de ___/___/____ até ___/___/____

Título:_____
Autor:_____
Editora:_____
Quem indicou:_____
Data da leitura: de ___/___/____ até ___/___/____

Título:_____
Autor:_____
Editora:_____
Quem indicou:_____
Data da leitura: de ___/___/____ até ___/___/____

PASSAPORTE DA LEITURA

📖 LIVROS QUE PRECISO LER

Título:_____
Autor:_____
Editora:_____
Quem indicou:_____
Data da leitura: de ___/___/___ até ___/___/___

Título:_____
Autor:_____
Editora:_____
Quem indicou:_____
Data da leitura: de ___/___/___ até ___/___/___

Título:_____
Autor:_____
Editora:_____
Quem indicou:_____
Data da leitura: de ___/___/___ até ___/___/___

TIPOS DE LEITURA

Segundo estudiosos, existem três tipos de leitura:

• Ler por prazer;
• Ler para estudar;
• Ler para se informar.

Através da leitura realizada com prazer, é possível desenvolver a imaginação, embrenhando no mundo da imaginação, desenvolvendo a escuta lenta, enriquecendo o vocabulário, envolvendo linguagens diferenciadas, etc.

A leitura voltada para o estudo é a mais cobrada pelos professores desde o início do ensino fundamental, apesar de muitos não estarem preparados para desenvolver em seus alunos tal hábito.

A leitura dinâmica e descontraída é uma das melhores formas de adquirir informações.

O ideal é que se aprenda a ler textos informativos, artigos científicos, livros didáticos, paradidáticos, e etc.

TIPOS DE LEITURA

UM HÁBITO SAUDÁVEL

A leitura é um hábito saudável, de entretenimento e educativo. Com ela, você pode viajar para todos os lugares do mundo sem nem sair de casa.

Saiba como criar esse hábito e terminar um livro sem sentir-se entediado.

Se queremos começar a desenvolver o hábito da leitura, não será necessário começar por um grande clássico.

É melhor iniciar com contos curtos, peças de teatro ou até revistas. Em seguida, livros curtos, que despertem seu interesse e que gratifiquem você pela interpretação do conteúdo.

O que importa é que você cultive este hábito essencial na vida de todos. Afinal, ler é importante e, além do mais, pode ser uma forma de diversão.

Se você reservar 15 minutos do seu tempo para leitura, no final de um ano terá lido um livro de 1.000 páginas.

DEZ MANDAMENTOS DA LEITURA

1 - DIVIRTA-SE COM A LEITURA
Você não precisa ler o que não gosta ou não entende.

2 - ENCONTRE O SEU GOSTO PESSOAL
Procure uma livraria ou biblioteca onde possa devorar vários títulos.

3 - NÃO LEVANTE FALSO TESTEMUNHO
Nunca indique um livro que não gostou nem entendeu.

4 - NÃO VIAJE SEM A COMPANHIA DE UM LIVRO
Para que sua viagem seja mais divertida, tenha mais que uma opção na bagagem.

5 - NÃO FIQUE PRESO A ESTILOS E AUTORES
Explore o máximo possível novos livros e estilos.

DEZ MANDAMENTOS DA LEITURA

6 - CULTIVE O HÁBITO DA LEITURA
Mesmo cansado leia um pouco, isto te ajuda relaxar.

7 - CORRA PARA UMA LIVRARIA
Aquele cheirinho de livro novo, abre o apetite para devorar novos títulos.

8 - NÃO FAÇA DA LEITURA UMA REGRA
Deixe que os livros tornem-se seus companheiros

9 - DESCUBRA NOVOS HORIZONTES
Na leitura você pode viajar sem sair do lugar

10 - NÃO DÁ PARA VIVER SEM LER
Quem lê, vive mais e melhor.

PASSAPORTE DA LEITURA

📖 LEITURA EMOÇÃO PRA VALER!

O Passaporte da Leitura é um instrumento lúdico para incentivar as pessoas o gosto e o prazer pela leitura.

Aprender é uma das melhores experiências da vida e quando aprendemos a gostar de ler, abrimos um mundo de novidades, interesses e conhecimentos que trazem à nossa vida um sabor especial.

Quanto mais palavras você conhece, lê e escreve, menor será a sua chance de ser enganado.

Princesas, príncipes, lobos, porcos que falam, são parte de um imaginário que ajuda a entender o mundo e as dificuldades da vida.

Você encontrará neste passaporte dicas e pequenos segredos de leitura, poderá marcar os livros que você já leu e ainda contar com um espaço para dedicatórias e autógrafos de escritores.